Der Schuh ohne Fußabdruck

Von Andy Hagel

AF205264

Buchbeschreibung:

"Der Schuh ohne Fußabdruck" zeigt einunddreißig wunderbare und fabelhafte Geschichten von Andy Hagel.

Ob Erzählungen von einem vierblättrigen Kleeblatt, einem Jungen und einem Mädchen, einem Fußballspiel, Fortuna oder einem Tor das umfällt, dazu die Geschichte vom weißen Hirsch oder dem Rat des Mondes, diese Sammlung kurzer Geschichten ist kurzweilig, spannend und interessant.

Ein Lesevergnügen aus einem nicht so ganz alltäglichem Leben.

Über den Autor:

Andy Hagel, Geb. 21.11.1979 in Jena/ Thüringen, lebte schon an Saale, Ennepe und Wupper und lebt heute am schönen Rhein.

Erst Gedanken und Notizen zum Empfang des Heiligen Geistes ließen eine schriftstellerische Arbeit zu. Waren die Gedanken zu Geisteskräften und Gaben noch ausschließlich dem Prozess der Geistwerdung zuzuordnen, folgte ein erster Platz in einem Gedichtwettbewerb im Teletext der ARD. (2015)

Auf seiner Homepage www.texthagel.de veröffentlichte Andy Hagel Gedichte und Geschichten und hinterlässt einen ersten, positiven Eindruck

Der Schuh ohne Fußabdruck

31 wunderbare und fabelhafte Geschichten

Von Andy Hagel

Andy Hagel
Kleiner Torfbruch 2
40627 Düsseldorf
www.texthagel.de

1.Auflage, 2018

© 2018 Alle Rechte vorbehalten.

Andy Hagel

Kleiner Torfbruch 2

40627 Düsseldorf

www.texthagel.de

Herstellung und Verlag: BoD - Books on
Demand, Norderstedt

9783748118060

Inhaltsverzeichnis

Das Kleeblatt	9
Der Schuh ohne Fußabdruck	15
Das Sternenkleid	19
Verbürgen	23
Der Fremde	27
Die Frösche	31
Über den Wolken	35
Das Telefon	41
Die kleine Welle	45
Die Eintagsfliege	49
Kein Eis im Herbst	53
Der Regenbogen	57
Der Spielzeugmacher	61
Der Junge und das Mädchen	67
Der Römer	71
Das Milchbrötchen	75
Dienstag der Dreizehnte	79
Mittwoch der Vierzehnte	83
Das afrikanische Lied	89
Der Kirschbaum	93
Die Münzsammlung	97

Im Winter 101

Das Fußballspiel 105

Fortuna 109

Ein Tor fällt um 113

Abgeführt 119

Der weiße Hirsch 125

Das Horoskop 129

Die Lebensblume 133

Der Rat des Mondes 137

Spuren im Sand 141

Das Kleeblatt

Wenn man aus dem Fenster schaute war da nichts als Dunkelheit. Nur zwischen den Wolken konnte man dann und wann ein kleines Funkeln erhaschen.

Er lag in seinem Bett. Die Augen fest verschlossen träumte er einen seltsamen Traum. Ein ihm Unbekannter hielt ein grünes Etwas in die Luft und sprach zu ihm.

Er sah genauer hin. Es schien, als handele es sich um einen beliebten Glücksbringer, ein vierblättriges Kleeblatt.

Leider konnte er den Fremden nicht verstehen, der zu Ihm sprach. Er sah nur, wie er seine Lippen bewegte. Ein letzter Blick auf die Konturen des Glückskleeblattes, dann schien die Nacht auch schon wieder vorbei.

Verwundert wachte er auf. Noch war er darüber nicht im Klaren, dass dieser Traum von Bedeutung war. So nahm er das Gesehene zwar zur Kenntnis, beschloss jedoch, sich keine Gedanken zu machen.

So zogen die Tage ins Land. Es verging ein Jahr und es veränderte sich sein Leben. Wenn er heute aus dem Fenster sah, blickte er auf eine andere Straße. Er war fortgezogen. Heute lebte er in einer anderen Stadt, in einem anderen Haus.

Er betrat den Aufenthaltsraum des hiesigen Krankenhauses. In der Mitte des Raumes stand ein großer Billardtisch. Ringsherum Stühle und Bänke und an der Wand zwei kleine Bücherregale.

Heute Morgen schien er der erste zu sein. Kein anderer hielt sich rauchend oder Billard spielend hier auf. Aus reiner Neugier und Langeweile stand er vor den Regalen, in welchen zahlreiche Bücher verwahrt wurden.

Nach und nach nahm er das ein oder andere Buch in die Hand. Plötzlich hielt er ein altes, beinahe zerfallenes und schon leicht vergilbtes Buch in der Hand. Es handelte sich um die französische Ausgabe eines Ihm unbekannten Romans. Die wenigen Brocken Französisch, die ihm geläufig waren, reichten nicht um herauszufinden, worum es in dem Buch ging.

Dennoch blätterte er durch die Seiten. Was war das? Zwischen den Seiten schien sich etwas zu befinden. Vorsichtig blätterte er zurück und schlug die Seiten gänzlichst auf. Verwundert und zugleich beseelt nahm er es zur Kenntnis. Zwischen den Seiten lag ein altes vierblättriges Kleeblatt.

An den Traum vom letzten Jahr erinnerte er sich nicht. Zumindest nicht bewusst. So dachte er nicht weiter nach, nahm jedoch das Buch und das Kleeblatt an sich und legte es in seinen Schrank.
Er schenkte dem Erlebnis Aufmerksamkeit und die Bedeutung die ihm angemessen schien.

In der nachfolgenden Zeit nahm er das Buch fast täglich aus seinem Schrank und schlug die Seiten auf, zwischen welchen sich das Kleeblatt befand. Noch immer war der Traum fern und er konnte die Zusammenhänge nicht sehen. Das sollte sich erst ändern, wenn er weitere Erlebnisse überdachte und Resumé ziehen sollte über das Erlebte. Über das Geschehene, zwischen den Zeilen und zwischen den Jahren.

Noch war ihm nicht klar, dass er die Zukunft im Traum gesehen hatte. Noch war ihm nicht klar, dass er etwas besonders Schönes erlebt hatte. Er hatte Recht behalten. Zwischen Himmel und Erde gab es Dinge, die es zu verstehen galt.

Der Schuh ohne Fußabdruck

„Komisch", dachte der Schuh, „Jetzt lieg ich hier am Wegesrand und hinterlasse nicht einmal einen Fußabdruck!" Ein Leben lang war der Schuh seinem Träger treu gewesen, nun aber hatte man ihn achtlos liegen lassen.

„Wenn ich doch noch einmal den ganzen Weg gehen könnte, ich würde alles anders machen!" Der Schuh war wehmütig. Er fühlte sich alt, abgewetzt und unnütz.

Ab und an fuhr ein Wagen an ihm vorbei und die Abgase prasselten auf des Schuhs Sinne. „Ach, wenn ich doch noch einmal den ganzen Weg gehen könnte. Ich würde wissen, was ich tue."

Heute war es so, wie er es immer befürchtet hatte. Achtlos weggeworfen lag er da am Straßenrand. Einsam und Verlassen stieg ihm eine Träne ins Gesicht. Als ob das nicht genug gewesen war, begann es nun auch noch zu regnen.

Der Himmel hatte sich verdunkelt, die Vögel hörten auf zu singen und der alte Schuh lag nun auch bald in einer nassen, kalten Pfütze aus Regenwasser. „Ach, wenn ich doch noch einmal den ganzen Weg gehen könnte. Mein Leben wär sicher voll Sonnenschein!"

Das hörte ein Rabe und kam geflogen. Er setzte sich neben den Schuh und begann zu krächzen. „Du alter Schuh", krächzte der Rabe, „was liegst du hier in einer Pfütze und versinkst in Selbstmitleid?"

Der Schuh blickte auf. Der Rabe sprach: „Hättest du nicht wehleidig geklagt, sondern wärst deinen Weg gegangen, dann hättest du vielleicht einen Fußabdruck in der Geschichte hinterlassen!" Der Rabe wandt sich ab und wollte davon fliegen.

„Tag ein, Tag aus trug ich meinen Herren von hier nach dort und zurück. Sicher war ich mir nicht, aber heute glaube ich, es ging alles seinen normalen Gang. Einzig das Ende ist nun da!"

Der Rabe sah den Schuh an. „Warum hat er dich dann achtlos weggeworfen?"

„Mein Träger hatte beschlossen, einen neuen Weg zu gehen. Da brauchte er mich nicht mehr und legte mich in sein Gepäck. Als er fortfuhr, fiel ich vom Wagen und nun liege ich hier." „Er wird dich sicher vermissen!", sprach der Rabe.

„Er ist alt, beinahe blind und beinahe taub. Ich habe Löcher in der Sohle, bin voll Schmutz und durchnässt. Unsere Zeit ist wohl um!" Der Rabe dachte nach. „Ich geh und such deinen Herren, wenn du ihm von Nutzen warst, wird er kommen und dich holen."

„Ich denke, du kommst zu spät! Hätte ich einen Fußabdruck hinterlassen, wüssten wir woher wir kommen. Dann könnte ich auch ahnen, wohin es geht. Du jedoch hattest Recht. Vor lauter Klagen hatte ich vergessen einen Fußabdruck im Lauf der Geschichte zu hinterlassen."

Das Sternenkleid

Heute war es so. Gestern war es auch schon so gewesen. Er lag da und dachte darüber nach, was er erfahren hatte. Früher, in vielen Teilen des Erdballs, vielleicht in allen Teilen des Erdballs, hatten die Weisen es schon immer gekannt.

Sie erzählten sich die Geschichten des Kaisers. Sie erzählten auch von seinem Sternenkleid. Wer es sich leisten konnte, brachte Opfergaben. Wenn er die Geschichte verstanden hatte. Der Kaiser war gottgleich. Er war der Himmel und seine Untertanen waren allesamt Sterne in seinem Kleid.

Wenn dem Kaiser unrecht getan wurde, wenn wieder versucht wurde gegen ihn zu spielen, dann, ja dann fielen Sterne vom Himmel. Die Weisen verstanden es. Ein Ältester war der Himmel, genau wie der Kaiser, und seine Familie, seine Kinder und Kindeskinder waren die Sterne in seinem Kleid.

Seine Taten spiegelten sich im Lebensweg seiner Sterne wieder. Ging es ihm gut, ging es auch seinen Sternen gut. Fiel ihm ein Glas aus der Hand, schnitt sich vielleicht eines seiner Kinder in die Hand.

Er dachte nach. In seinem Sternenkleid hatte es ein Opfer gegeben. Dann noch eines und noch eines. Nur hatte er sich nichts vorzuwerfen.

Der eine hatte sich an seinem Messer geschnitten, ein anderer hatte sich verbrannt und der Dritte war gestürzt. Was hatte das wohl zu bedeuten? Hatte er sich getäuscht oder waren seine Jünger, seine Untertanen und Sterne selbst die Sünder?

War er zu weit gegangen oder war er selbst nur der Stern in des Alten Kleid? Flog er zu hoch und war er gefallen oder würde er noch fallen?

Wie sollte man wissen, wieso einem Stern ein Unglück geschah. Lag es am Himmel oder am Stern? Manch Gelehrter war darüber verrückt geworden oder eben den geheimen Lehren der ersten Priester auf der Spur.

Er nahm den Stein in die Hand, mit welchem er immer spielte, wenn er nachdachte. Sollte er einen Stab über den dreien brechen? Oder musste er selber Buße tun?

Lag es am neuen Sternenbild? Die Alten hatten ihm gesagt, dass es bei jedem Erstgeborenen ein neues Sternenbild gibt. Dieses wirkte auf alle im Kreis und auch auf alle Kreise. Auch auf ihn und seine Sterne?

Wenn dem so wäre, könnte man nie herausfinden, wer gelogen hatte. Der Himmel oder die Sterne. Eins war sicher. Würde er die drei ermahnen und selbst Buße tun, wäre er auf der sicheren Seite.

Oder man würde ihn für verrückt erklären.

Verbürgen

„Wirklich, das müßt ihr mir glauben!",
Ben blickte Robin an, der sah zu Andi und
der redete auf beide ein. „Wirklich, ganz
sicher, dafür hat man sich früher in der
Kirche und im Kaiserstaat verbürgt!"

„Das kann nicht sein!", „Unmöglich!",
Ben und Robin wedelten mit den Armen
und schüttelten beide den Kopf. „Wenn
dem so wäre , das wüßten wir.", sprach
Ben. Robin sagte: „Dann würden alle
darüber sprechen und jeder wüßte das es
so etwas gibt!"

„Wenn ich es doch sage!", sprach Andi,
„Täufer konnten das früher erklären! Im
Krieg muß es vergessen worden sein. Da
hatten die Menschen andere Probleme!"
Ben und Robin schauten skeptisch zu
Andi. Beide sagten kein Wort.

Andi sprach: „Die Beamten in der DDR
haben das erzählt und meine Mutter hatte
es geglaubt. Die katholische Kirche kannte
eine andere Version. Schon in der Bibel
steht geschrieben, Eure Söhne und eure

Töchter werden prophetisch reden, eure jungen Männer werden Visionen haben und eure Alten werden Träume haben."

„Und es ist wirklich wahr?" Ben und Robin sprachen im Chor. „Die Lehrerinen in der DDR hätten sich dafür verbürgen müssen, im Kaiserstaat hätten sie es gemacht, zumindest die Lehrer!" „Ich kann nicht glauben, das das öfter vorgekommen ist, aber wenn Du Dir wirklich sicher bist, müssen wir das allen sagen!" Ben sah die beiden anderen an.

„Wie hört sich das denn an? Andi hat im Traum ein vierblättriges Kleeblatt gesehen und ein Jahr später hat er eines gefunden? Er hat die Zukunft im Traum gesehen. Sollen die anderen uns drei für verrückt halten?" Andi blickte ernst. „Was ich gezeigt bekommen habe, war ursprünglich zum Weitererzählen gedacht!"

Wer sollte das glauben? Wenn man sich verbürgte, entstand ein Kreis. Ein Ring. Der Kreis über dem Amtsschüler sorgt dafür, dass er etwas sieht. „Vor zweitausend Jahren hieß es, die Alten müssen ihm drei Dinge geben, wenn er sieht! Ein Haus, eine Frau und Geld." Andi sah ratlos in die Runde.

„Kann es wirklich sein, dass sich immer weniger Leute dafür interessieren?" Robins Augen leuchteten. „Das glaube ich nicht.", sagte Ben und fuhr fort, „Wahrscheinlich hatten die Menschen in oder nach den Kriegen im letzten Jahrhundert wirklich andere Sorgen. Außerdem hält die Kirche alles geheim!"

„Eins noch," sagte Andi, „Würdet Ihr Euch dafür verbürgen, dass ich die Wahrheit sage, wenn ich erzähle, dass ich die Zukunft im Traum gesehen habe?" „Das ist eine ernste Angelegenheit, aber ich glaube dir," sagte Ben und Robin fügte hinzu, „Es geht ja nicht um einen Kredit, es geht um die Wahrheit und die sollen alle kennen!"

Der Fremde

"Gleich tritt er den Mülleimer um!", vorlaut lag er auf einer großen Decke mitten auf der grünen Wiese am Hang eines großen Parks. Djamilla und Marcell blickten ihn fragend an.

Er hatte beschlossen den Tag im Grünen zu verbringen und zufällig ein paar Freunde getroffen. Nun beobachteten sie gemeinsam, wie ein Fremder zielstrebig den Hang herablief, um den Park zu verlassen.

Nur wenige Meter trennten ihn von dem Mülleimer, welchen die Stadtreinigung im Park aufgestellt hatte, mitten am Hang, an welchem sich die Bewohner der Stadt jeden Sommer versammelten um die Sonne zu genießen.

Ein paar Bäume standen hier und da und säumten die Grünanlage. Ihr Schatten spendete an sonnigen Tagen gnadenvolle Kühle und ab und zu sah man kleine Eichhörnchen die Stämme rauf und runter klettern.

Das Blau des Müllbeutels leuchtete in der Sonne und eine kleine Biene teilte sich die Decke mit den drei Freunden die sich, neugierig und sinnierend, nicht ablenken ließen. Ihre Blicke hafteten an dem Fremden der voller Elan die Wiese herablief.

Die Sonne schien an dem wolkenlosen Himmel und er sah keinen Grund, wie dieser Tag getrübt werden konnte. Der Fremde war nur noch wenige Schritte von der blauen Mülltonne entfernt. In mittlerer Entfernung von den dreien setzte er an und der Müllbeutel samt Tonne flog, leicht wie eine Feder, durch die Luft.

Djamilla und Marcell brachen in schallendes Gelächter aus, während er das Geschehen ruhig beobachtete. Ob die beiden zur Notiz genommen hatten, dass er die Zukunft vorhergesagt hatte?

Noch immer amüsierten sich seine Freunde, er aber blieb gelassen und atmete durch. Der Fremde setzte seinen Weg fort und der blaue Mülleimer fiel zu Boden.

Nüchtern blickte er dem Fremden nach. Was hatte ihn so wütend gemacht? Warum konnte er die Sonne nicht genießen?

Die Frösche

"Kannst Du nicht aufpassen?", haltlos platzte es aus ihm heraus. Der Frosch schien keine Notiz von Ihm zu nehmen. Die Sträucher und der angrenzende Wald zu seiner Rechten versanken langsam in der Dunkelheit.

Im Ausflugslokal zu seiner Linken stellte man schon die Stühle hoch. Hier stand er nun, mitten auf dem Weg, mitten am See und verhielt sich sichtlich ungehalten.

"Kannst Du nicht aufpassen? Kannst du nicht aufpassen wo ich hintrete?" Der Frosch rührte sich nicht vom Fleck. Er schien nicht zu verstehen, warum er so wütend war.

Während am anderen Ende des Sees die Sonne hinter den Bäumen versank, stand er hier und musste sich ärgern.

"Beinahe wäre ich dir vor den Kopf getreten! Und dann? Was wäre dann gewesen? Aus die Maus - tot der Frosch!"

Das musste auch mal gesagt sein. Er sah den Weg herab.

Überall hockten Sie, diese grünen Wesen. Ob sie das absichtlich machten? Ob er das absichtlich machte? Sich einfach vor seinen Fuß zu stellen. Mondschein erhellte nun den schmalen Weg am See.

Ihm war Anfang April sicher nicht nach Späßen. Er wollte doch nur am See spazieren und nun lief er Gefahr, bei jedem Schritt einen grünen Fleck auf dem Asphalt des Weges zu hinterlassen. "Du könntest Dich ja wenigstens entschuldigen!"

Der Frosch rührte sich nicht. Kein Ton, kein Laut, der auf eine Entschuldigung schließen lies.
"Was machst Du eigentlich hier? Was willst Du am See?" Warum wunderte er sich nicht darüber, dass heute Abend alles voller Frösche war. Hatte es geregnet? Sicher nicht.

Nun stand er da in seinem olivgrünen Mantel und überlegte, ob er sich zwischen den grünen Punkten durchschlängeln sollte. Der Mond schien hell, doch es gab hier und da dunkle Ecken den Weg entlang, überall da, wo Baumkronen das Licht verschlungen.

Mit einem "Du hast es nicht anders gewollt!" drehte er sich um. Er hatte beschlossen zu gehen. Keinen Hehl daraus zu machen und den Frosch Frosch sein zu lassen.

Sein Schatten wanderte im Mondschein. Der Frosch bewegte sich immer noch nicht. Wehmütig blickte er sich um. Es war, als sähe der Frosch ihm direkt in die Augen. Mit einem Sprung verschwand dieser am Wegesrand.

"Er will wohl in den See ...", leise überlegte er, ob er nicht noch einen Versuch wagen sollte.

Über den Wolken

Er blickte aus dem Fenster des kleinen Flugzeuges. Am Horizont war alles hell erleuchtet und soweit sein Auge sah, lag die weiße, flauschige Wolkendecke unter ihm.

Gerade eben noch hatte er im Geiste das Vater Unser aufgesagt. Nur so, damit alles seinen geregelten Gang ging, war er auf Nummer sicher gegangen und hatte gebetet.
Nun ließ er seinen Blick über die Wolken schweifen. Vor zwei Tagen noch hatte er am Alexanderplatz gesessen, Kaffee getrunken und den frechen Spatzen beim Betteln zugesehen.

Die Spatzen in Berlin waren dreister als in anderen Städten. Vielleicht hatte man sie vor Generationen schon angefüttert und die jungen Spatzen machten es nun den alten nach.

Nachdem er seinen Kaffee getrunken und sich über die Spatzen amüsiert hatte, war er den Fernsehturm hinauf gefahren um sich die Stadt von oben anzusehen. Der Blick über die Hauptstadt war spannend gewesen. Er hatte viele Eindrücke gewonnen. Der Blick aus dem Flugzeug jedoch war unvergleichlich schön. Hier oben fühlte man sich fast wie ein Engel.

Er fragte sich, wie die alten Maler das gesehen hätten. Das Sonnenlicht reflektierte auf der Wolkendecke und die zwei Propeller des Flugzeuges drehten sich unentwegt in Richtung Heimat.
Er freute sich. Er freute sich etwas erlebt zu haben und er freute sich bald wieder zu Hause zu sein.
Wie hatte das Mädchen mit den roten Schuhen in dem alten Film einst gesagt, es ist nirgendwo schöner als zu Haus!

Langsam schob sich das Flugzeug vorwärts. Er würde applaudieren, wenn er gelandet war. Vor wenigen Jahrzehnten wäre das üblich gewesen. Er würde applaudieren. Er würde applaudieren wie als er verstanden hatte jemanden etwas denken zu lassen. Mathematik.

Sieben plus acht ist gleich? Was muss der Schüler denken? Richtig! Sieben plus acht ist gleich fünfzehn. Das muss der Schüler denken. Was wenn nicht?

Hier über den Wolken schien es egal zu sein. Lehrer hingegen waren sicher enttäuscht, wenn die Vorhersagen nicht eintrafen. Konnte man früher vielleicht vorhersagen, dass die Spatzen auch noch in hundert Jahren auf die Stühle und Tische fliegen würden, wenn Sie erst einmal angefüttert waren?

Im Sinkflug kam die Wolkendecke immer näher. Gleich würde er sicher landen. Die Spatzen am Alexanderplatz würde er nicht vergessen, doch gleichwohl würde er froh sein gleich wieder zu Hause zu sein.

Es wurde weiß vor dem kleinen Fenster. Genau jetzt flog er durch eine Wolke. Er kannte das. Vor zwanzig Jahren war er schon einmal geflogen. Auch damals war es weiß vor dem Fenster gewesen.

Die Maschine sank langsam dem Boden entgegen. Gleich würde er die Erde sehen. Die grünen Wiesen, die Bäume und Wälder, den Vater Rhein und die Häuser der Stadt. Er würde auf die Spatzen achten. Er würde schauen ob sie woanders auch so frech waren wie am Alexanderplatz.

Das Telefon

Es hatte schon immer da gestanden.
Früher war es voller Leben und es verging
kein Tag, ohne dass es etwas zu erzählen
gegeben hatte. Tag ein, Tag aus, es hatte
geklingelt und immer hatte jemand den
Hörer abgenommen.

Nun stand es da und die Wählscheibe hatte
schon Staub angesetzt. Keiner da der noch
ein herkömmliches Gespräch zu führen
hatte. Wahrscheinlich saß die ganze
Hausgemeinschaft vor einem Bildschirm,
das Smartphone in der Hand und schrieb
wie wild Textnachrichten um am Leben
teilzunehmen.

Das alte Telefon mit seiner staubbedeckten
Wählscheibe stand da und fühlte sich leer.
Ungebraucht und ungeliebt. So nutzlos.

Es wartete schon lange nicht mehr darauf,
in Aktion treten zu können. Vor ein paar
Jahren hatte es noch einmal geklingelt.
Am anderen Ende der Leitung ein
Handelsvertreter der Glücksspiellose

anbot. Das war verboten worden und seitdem stand das Telefon still.

Was war das? Ein Schatten war an der Wand entlanggehuscht. Wollte da wer was? Vielleicht doch einmal die Wählscheibe drehen? Das müde, alte Telefon blinzelte. Mit seinem Blick erhaschte es kurz den Schatten, welcher jedoch um die Ecke bog und keine Anstalten machte ein Telefonat zu führen. Das wäre wohl auch viel zu altmodisch.

Heuer war es üblich sich gegenseitig kleine Briefchen über das Smartphone zu senden. Warum denn noch telefonieren?

Leises summen ertönte aus einem der Zimmer. Das musste der Vibrationsalarm eines dieser neumodischen Geräte gewesen sein. Das alte Telefon wusste noch, wie sich das Klingeln anhörte doch es hatte vergessen, wie es sich dabei fühlte.

Bald würde es auch nicht mehr wissen, wie sich das Klingeln anhörte.

Allein und von allen verlassen stand es da. Irgendwann würde man es abbauen und wegwerfen. Bis dahin sollte es auf der alten Kommode stehen und verstauben.

Rrring, Rrring! Was war das? Es klingelte. Rrring, Rrring! Nun hatte sich auch ein Hausbewohner auf den Weg gemacht. Rrring, Rrring!

„Hallo?", der Hausbewohner hatte den Hörer abgehoben. Das Telefon freute sich, doch kurz darauf wurde der Hörer auch schon wieder aufgelegt.
„Was war das denn?", aus einem der anderen Zimmer kam eine fragende Stimme. „Falsch Verbunden!"

Der Hausbewohner blieb noch kurz stehen, verschwand dann aber durch eine der Türen, welche vom Flur in die anderen Räume führte. Dem Telefon stieg eine Träne ins Gesicht. „Falsch verbunden?"

Die kleine Welle

„Wohin die Reise mich wohl führt?",
dachte die kleine Welle und holte tief Luft.
„Werde ich die Welt sehen?", fragte sich
die kleine Welle.

„Werde ich hinter den Horizont reisen?",
die Gedanken spielten und die kleine
Welle war gespannt, wohin die Reise sie
führen würde.

Sie machte sich auf den Weg. Der Himmel
war klar und die Sonne strahlte am
Horizont.

Die kleine Welle schwamm immer weiter.
Vorbei an kleinen Inseln, vorbei an großen
Segelbooten und vorbei an der kleinen
Delphin Familie.

„Werde ich irgendwann alt und weise?",
die kleine Welle stellte sich diese Frage
nicht zum Ersten mal. Noch war sie
keinen Schritt weitergekommen, noch war
sie klein und unbedeutend.

Am Himmel tauchte eine Wolke auf. „Hallo kleine Welle!", sprach die Wolke und pustete. „Bald wirst du groß und schwer sein, die Delphine werden Angst vor dir bekommen und die Schiffe werden an dir zerbrechen!"

Die kleine Welle war sich sicher, dass sie das nicht wollte, aber die Wolke pustete und die kleine Welle wurde immer größer und schneller.

Stand die Sonne gerade eben noch hell am Himmel, war sie nun durch eine große Wolke verdunkelt.

Die Welle versuchte sich zu wehren und türmte sich auf. Immer höher und höher, bis sie beinahe die große Wolke erreichte. Es war, wie die Wolke prophezeit hatte. Die Delphine hatten Angst, die Schiffe barsten und die Welle tobte über das Meer.

Am Horizont sah die Welle ein paar Möwen am Himmel. Sie wusste, dass ihr

Ende nahte. „Warum hast du das getan?“, die Welle sah die Wolke traurig an.

„Es ist der Lauf der Dinge!“, sprach die Wolke und wurde immer dunkler. Auf einmal fiel ein Regen, wie Ihn die Welt lange nicht gesehen hatte. Die Welle aber raste auf das Land zu, welches am Horizont erschien.

Der Wind ließ nach, doch für die Welle war es zu spät. Sintflutartig stürzte sie auf die spitzen Klippen an der Landzunge. Die Welle zerbrach in dem Augenblick, als der Regen am größten war.

Die Wolke verschwand im Regen und der Mond stieg an den Himmel. Morgen würde die Sonne wieder scheinen und eine kleine Welle würde überlegen, was die Welt wohl für sie zu bieten hatte.

Die Eintagsfliege

„Oh, was für ein wunderschöner Tag!",
sprach die Eintagsfliege zu sich selbst.

Aus dem Raum ertönte eine laute Stimme:
„Es wird dein erster und dein letzter sein!"

„Wer war das?", sprach die Fliege und
setzte sich ans Fenster. „Das ist nicht
wichtig," ertönte die laute Stimme,
„wichtig ist nur, was ich dir zu sagen
habe!"

Die Eintagsfliege blickte sich um. Einzig
ein helles Licht schien durch das Fenster.

„Du wirst heute den Sinn des Lebens
erkennen." Die Stimme holte tief Luft.
„Das, wofür manche Monate, Jahre
brauchen, manche ein ganzes Leben, das
wirst du heute für dich verbuchen!"

„Den Sinn des Lebens?", die Fliege dachte
nach.

„Den kenn ich schon!", auf einmal war der
Fliege alles klar. „Hier fliegen bis die

Klappe fällt!" „Aber," sprach die laute Stimme, „aber was kommt dann? Stellst du dir nie die Frage ob es erstrebenswert ist, einfach so von der Wand zu fallen, ins Licht zu fliegen oder nach einem lauten Knall im Küchenofen zu landen?"

Die laute Stimme wurde sanft.

Die Eintagsfliege erhob sich und machte Anstalten einfach so loszufliegen. „Ich muss nachdenken!", sprach sie und hob ab.

Sie flog inmitten des Raumes und drehte schnell ein, zwei Runden. „Es ist so oder so," sprach sie und drehte sich, „ob die Welt sich im Kreis dreht oder eine Scheibe ist, eins ist sicher."

„Was?", fragte eine nun sanfte Stimme.

„Der Sinn bleibt gleich." sprach die Fliege und nahm wieder unter der Decke platz. „Heut´ morgen wußt ich schon, dass heute die Klappe fällt. Und dann kamst Du!

Willst mir den Sinn des Lebens erklären und dabei muss den Sinn jeder für sich entdecken! Auch wenn er gleich bleibt, so ist er doch jedem seine Sache!"

Im Raum grummelte es. Das Atmen wurde lauter und plötzlich waren Schritte zu hören. Die Fliege dachte nach. Was würde wohl kommen?

Den Knall hatte sie vorhergesehen.

Platsch.

„Vorlautes Ding!" war das letzte was sie hörte, ehe sich der Ofen öffnete.

Kein Eis im Herbst

Er hatte sich mal wieder auf den Weg gemacht, im Schlosspark wollte er spazieren gehen und die warme Herbstsonne genießen. Sonne, ein letztes mal Sonne. Zumindest für dieses Jahr.

Noch war es ein gutes Stück die Straße entlang, dann links und lange gerade aus. Er dachte nach. Sollte er sich ein Eis gönnen? Direkt am Schlosspark gab es dieses kleine Eiscafé.

Dort wo immer alle Tische belegt waren und immer ein paar Leute anstanden, anstanden um ein Eis auf die Hand zu nehmen.

Freudenstrahlende, glückliche Kinderaugen blitzten und die Alten sahen dem Treiben heiter und weise zu. Sicher, diesmal würde er ein Eis nehmen.

Er war den ganzen Sommer an dem Eiscafé vorbeigegangen. Immer wieder hatte er sich vorgenommen ein Eis zu kaufen, immer wieder war er vor den wartenden geflüchtet.

Er hatte keine Lust gehabt sich anzustellen, er hatte keine Lust gehabt zu warten. Lieber war er um den kleinen See am Schlossvorplatz spaziert und hatte den Enten bei ihrem Treiben zugesehen.

Sicher, dieses mal würde er sich anstellen. Eine Kugel Eis würde ihn schon nicht ruinieren. Sicher, er würde sich anstellen. Bei dem Gedanken daran sich etwas zu gönnen wurde er selig. Selig mit sich, mit der Welt und seinem Schicksal. Er würde ein Eis nehmen. Heute, dem letzten Sommertag mitten im Herbst.

Wieder dachte er nach. Ein Eis hatte er doch gehabt. An einem dieser nichtssagenden Sonntage. Er war an dem Eiscafé vorbei gegangen und keiner stand in einer Warteschlange. Es war ihm ein leichtes gewesen hinein zu gehen und sich eine Kugel Eis geben zu lassen. Sicher, Eis war teuer geworden, aber es hatte ihm geschmeckt.

Die Sonne stand hoch am Himmel und das Laub strahlte golden von den Bäumen. Hier und da wirbelten die Blätter durch die Luft, welche vor kurzem von einem der Äste abgebrochen waren.

Er war den ganzen Weg gegangen. Nun, da er um die Ecke der kleinen Marktstraße bog, bot sich ihm das gewohnte Bild. Eine Schlange von wartenden Eisdielenbesuchern bis weit den Bürgersteig hinab.

Der Anblick erfreute ihn, konnte er nun doch entscheiden.

Er lief vorbei und überquerte die Straße bis direkt vor den kleinen See des Schlosses.

Kein Eis im Herbst, dachte er fröhlich.

Der Regenbogen

Die drei Bauernmädchen sprangen in das kalte Nass. Sie waren den großen Berg hinauf gestiegen und durch den Dunkelwald gelaufen, nun schürten die jungen Burschen das Feuer unter einem Stein und die Mägdelein spielten im Wasser.

Er hatte kaltes Wasser schon immer gehasst. Als er damals als kleines Kind schwimmen lernen sollte, war das kalte Quellwasser des Feuerwehrbeckens über ihn hinweg gebrochen und hatte ihm den Spaß gründlich verdorben.

Er hatte seine Hand kurz in den Tümpel gesteckt und sofort beschlossen heute an Land zu bleiben.

Der Tümpel maß gerade einmal zehn mal zehn Schritte und war kalt wie die Arktis. Der kleine Wasserfall, der an der Stirnseite immer weiter kaltes Wasser nach laufen ließ, sah jedoch märchenhaft schön aus.

Sein Blick schweifte von dem Wasserfall herab auf die nackten Brüste der drei Bauernmädchen. Jung und fest waren sie anzuschauen. Einer der Burschen legte Gemüsescheiben auf den inzwischen heißen Stein.

Keiner der drei jungen Männer sagte etwas. Noch war von einem Streit nichts zu ahnen, alle schienen die Ruhe des Waldes zu genießen.

Er war weit fort von zu Haus, hatte seine Sachen gepackt und war ihr auf einen Bauernhof gefolgt, auf welchem sie arbeiten wollte.

Er liebte die Berge, er liebte den Wald und er liebte sie oder ihren festen Hintern und ihre lieblichen Brüste. Sie liebte kaltes Wasser.

Ob sie etwas für ihn empfand, fragte er sich nicht. Es war alles so gewesen. Abends tranken sie ein paar Bier und dann gingen sie ins Bett. Nun saß er da und sie

schwamm bei Eiseskälte in dem kleinen
Bergsee.

Sein Blick folgte wieder dem Wasser des
Wasserfalls. Durch die Baumkronen fiel
das Licht der Mittagssonne. Er hielt inne.
Über dem Wasser formte sich ein kleines,
buntes Licht. Ein Halbkreis aus Farben
spielte im Wassernebel der Gischt ein
seltenes Spiel.

Der kleine Regenbogen unter dem
Wasserfall hatte seine ganze
Aufmerksamkeit. Er bemerkte nicht, wie
seine Liebe aus dem Wasser gestiegen
war, um gleich ihre kalten Brüste an seine
Wangen zu legen.

Die anderen tummelten sich im Wasser
oder holten Brennholz. Ihre kalten Brüste
ließen seinen Blick nun von dem kleinen
Wasserfall auf das Wesentliche lenken.

Der Spielzeugmacher

In einem kleinen, sehr altem Haus, lebte ein alter Mann. Er war im Alter sehr glücklich, hatte er es doch in seinem Leben zu einigem gebracht. Sicher, Geld hatte er keines, doch sein Haus war ein Ort von Freude und Glückseligkeit.

Er war arm geboren und arm geblieben. Nur eine wunderschöne Frau hatte er geheiratet, welche Ihm auch bald das erste Kind geschenkt hatte.

Am Tage arbeitete er als Köhler am Waldesrand, am Abend kehrte er nach getaner Arbeit nach Haus zurück. Tag ein, Tag aus.

Eines Abends, wieder kam er müde und erschöpft von der Arbeit nach Haus, da sagte seine wunderschöne Frau, „Mann, dein Sohn wird bald ein Jahr und wir haben nur das nötigste, dennoch, dein Sohn soll ein Geschenk bekommen!"

Der Mann erinnerte sich. Als er klein gewesen, da spielte er mit Klötzen aus

Holz. So ging er am nächsten Morgen mit seiner Säge zum Waldesrand.

Er sägte und sägte, und kam am Abend mit einem Säcklein voller Holzklötze zurück. Er hatte ein Langholz gesägt, welches 13 Daumen lang war, er hatte auch zwei Halbe gesägt und vier Viertel sogar vier Ecken hatte er gemacht und sich dabei beinahe in die Hand gesägt.

Seine Frau freute sich über das Spielzeug für Ihren Sohn und bald darauf gebar sie ihrem Mann ein zweites Kind. Wieder kam er eines Abends nach Haus und seine Frau wünschte sich für Ihr Kind etwas zu spielen.

So nahm er seine Säge, einen Hammer und eine Feile. Wieder ging er zum Waldesrand und sägte, hämmerte und feilte. Am Abend kehrte er mit seinem Säcklein nach Haus zurück. Die Frau war neugierig, was er sich denn dieses mal überlegt hatte. Aus dem Säcklein zauberte er das schönste Holzpferd, was sie jemals gesehen hatte.

Seine Kinder machten große Augen und seine Frau war überglücklich. So gebar sie ihm bald ein drittes Kind und wieder kam die Frage auf, womit das Kind denn spielen solle. Der Spielzeugmacher dachte nach. Seinen Söhnen hatte er Holzklötze und ein Holzpferd geschenkt, womit aber sollte seine Tochter spielen?

Der Mann nahm Säge, Hammer und Feile und sprach zu seiner Frau. „Frau, nimm die alten Stoffreste und nähe meiner Tochter eine Puppe! Ich gehe an den Waldesrand und baue etwas."
So nahm seine Frau Nadel und Faden und er machte sich auf den Weg zum Waldesrand.

Am Abend kehrte er mit einem großen Puppenhaus aus Holz zurück. Seine wunderschöne Frau liebte ihren Mann und erzählte allen Nachbarn von den Taten ihres Mannes. Jahr um Jahr hatte er immer wieder ein schönes Geschenk für die Kinderlein gemacht und Jahr um Jahr waren seine Frau und seine Kinder glücklich gewesen.

Der gute Mann freute sich und bald war er bekannt in der ganzen kleinen Stadt. Die Nachbarn kamen um sich die Spielzeuge zu sehen und sich eine Scheibe abzuschneiden. So mancher fragte, ob er auch für sie ein Spielzeug machen könne. So war sein Haus immer voller Leben.

Der Junge und das Mädchen

Er stieg in den Bus. Während er durch den Gang nach hinten ging, bemerkte er, wie die Frau mit ihrem kleinen Jungen eingestiegen war.

Er ging nach hinten und setzte sich auf einen der freien Plätze. Die Frau schien ihm zu folgen, den Jungen an der Hand setzte sie sich ihm gegenüber.

Beinah hätte er das kleine Mädchen auf der Rückbank nicht bemerkt, nun aber war ihr weinen nicht mehr zu überhören. Ihr Vater versuchte sie zu trösten und schien von den anderen Fahrgästen keine Notiz zu nehmen.

Die Frau, schon etwas älter, blickte ihren Jungen mit freundlichen Blick an. Der Junge sah das Mädchen auf dem Schoß ihres Vaters traurig an.

Das Mädchen hatte ihr Gesicht in ihren Händen vergraben und schmiegte sich an ihren Vater.

Noch immer weilte der Blick der älteren Frau auf ihrem Buben, der nun nachdenklich einmal das Mädchen und einmal die gute Frau ansah.

Nun holte sie etwas aus ihrer Tasche. Es schien sich um ein kleines Döschen zu handeln, welches sie nun dem kleinen Jungen reichte.

Dieser öffnete den Deckel und es kamen kleine Gebäckkringel zum Vorschein, die er sich mit einem verschmitzten Grinsen in den Mund schob.

Die Frau blickte ihn weiter freundlich an und das kleine Mädchen sah schluchzend zu ihm. Ihre Neugier schien geweckt, denn nun wischte sie sich die kleinen Tränchen aus den Augen.

Der Junge blickte auf. Seine Augen funkelten und blinzelten und das kleine Mädchen erwiderte seinen Blick.

Nun hielt der kleine Junge dem Mädchen
das Döschen mit den Gebäckkringeln
unter die Nase.

Sie ließ sich nicht zweimal bitten und griff
zu. Es dauerte nicht lange und die zwei
Kinder hatten die Dose fast leer gemacht.

Nun betätigte die Frau den Stop Knopf des
Busses und nahm ihren Jungen an die
Hand. Das kleine Döschen verschwand
wieder in der Handtasche der guten Frau.

Die Tränen des Mädchens waren schon
längst getrocknet und nun winkte sie
ihrem Freund hinterher.

Der Junge drehte sich noch einmal um.
Das Mädchen hatte ihre Tränen längst
vergessen und lächelte als die Frau und ihr
Junge den Bus verließen.

Der Römer

Die kleine Gruppe hatte die Halle des Obstmarktes kaum betreten, da verteilten sie sich schon in alle Richtungen.

Er beschloss, sich erst einmal bei den vorderen Ständen umzusehen. Im dichten Gedränge der Menschenmenge schob er sich von Stand zu Stand.

Hier und da tauchte ein Kopf eines Begleiters auf, doch er wollte für sich sein. Mit seinen Händen hielt er sich an den Ständen fest, um nicht mit der Flut an Menschen davonzuschwimmen.

Er probierte das selbstgebackene Brot, nicht ohne sich beinahe einen Zahn auszubrechen, und er blickte wehmütig auf die vielen Flaschen Wein, die an manchen Ständen aufgestapelt waren.

An einer kleinen Kreuzung der Halle traf er auf seine Begleiter. Alle drei erzählten begeistert von dem, was sie gesehen hatten. Am meisten freute sie der

Glücksstand an welchem man sein Glück versuchen und gewinnen konnte.

Sie zeigten in die Richtung, aus welcher sie gekommen waren und verschwanden hinter dem Käsestand.

Er beschloss, sich den Glücksstand einmal anzusehen. Hier schien jeder etwas zu gewinnen. Besonders oft schienen die Leute am Glücksstand den Hauptpreis zu gewinnen.
Ein Koch würde zu Hause vorbeikommen und die beste Pasta kochen, die man je gegessen hatte.

Er drehte sich um und lief noch einmal in die Mitte der großen Halle. Hier hatten ein paar Trödler ihren Stand aufgeschlagen und so beschloss er, sich umzusehen.

Er blickte hier und da auf einen der Tische und wühlte hier und dort in einer der vielen Kisten voll Trödel. Viel Geld hatte er nicht, doch plötzlich hielt er etwas kleines in seiner rechten Hand.

„Wie viel soll der denn kosten?", er sah den Händler an und hielt einen Römer aus Zinn in die Luft.
„Einen Euro!", der Händler sah ihn an und er kramte eine Münze aus seiner Tasche.

Fröhlich blickte er seinen neuen Freund an. Mit dem Römer in der Hand und der Hand in seiner Tasche verließ er die Halle.

Vor der Tür traf er auf seine drei Freunde und sie beschlossen, sich draußen etwas umzusehen. Noch immer hielt er den Römer fest in der Hand, er hob ihn in die Luft und sah ihn an.

Er kam ihm irgendwie bekannt vor, genau – der Traum vor einem Jahr!

Er steckte ihn in die Innentasche seiner Jacke. Irgendwie beseelt schwebte er wie auf einer Wolke.

Das Milchbrötchen

Er war alt geworden. Vor Jahren war es ihm, als ob sich alles wiederholte, heute blickte er zurück.

Er hatte seine Großeltern nicht oft besuchen können, damals, als er noch klein gewesen war.

Dann war sein Großvater gestorben und er hatte nicht bemerkt, dass er nur eine Erinnerung an ihn hatte.

Als kleiner Junge hatte er auf dem Küchenboden gespielt. Mit seinen Händen hatte er die Holzklötze zu immer neuen Gebilden gestapelt.

Sicher hatte sein Großvater gewusst, dass ein Langholz dreizehn Zentimeter lang zu sein hatte.

Er war nie daheim gewesen, der Großvater. Immer unter Tage, im Bergwerk war er gewesen.

Während seine Frau, die Großmutter, Wäsche wusch, so dass das ganze Haus nach dem Waschpulver aus dem Intershop roch, war der Großvater unter Tage.

Er hatte sich nie gefragt, wie es da wohl war. Er war dafür noch zu klein gewesen.

Seine Großmutter hatte mehr Zeit für ihn gehabt. Sie hatte ihn mitgenommen. In die Stadt. Zum Einkaufen. Beim Metzger hatte es immer so gerochen.

In einem kleinen Laden hatte sie ihm eine Wundertüte gekauft, oder Briefmarken für seine Sammlung. Sie hatte „Mensch ärgere dich nicht" mit ihm gespielt und sich dabei köstlich amüsiert. Oder Mühle.

Dreißig Jahre später hatte er festgestellt, dass seine Haare nach dem alten Bergmannshaus von früher rochen. Er hatte den Geruch wiederentdeckt. Er erinnerte sich an einen weiteren Geruch.

Einmal, sein Großvater war daheim gewesen und hatte auf dem Ofen Milch warm gemacht, hatte es so gerochen.

In einem Blechtopf hatte sein Großvater Brötchen in Milch heiß gemacht. Er erinnerte sich an den süßen Duft und den süßen Geschmack. Sein Großvater muss es gut gemeint haben mit dem Zucker.

Die warme Milch und die süßen Brötchen, weich und durchtränkt, sicher, ob Jung oder Alt, dafür brauchte man keine Zähne.

Er hatte nur dieses eine Bild von dem alten Mann, seinem Großvater. Dann war er verschwunden, zumindest aus seinem Leben. Man hatte ihn nicht mit zur Beerdigung genommen.

Seine Großmutter hatte das kleine Bergmannshäuschen verkauft und war fortgezogen. Ob die alte Wasserpumpe noch auf der Straße vor dem Haus stand?

Dienstag der Dreizehnte

Es war so eine Sache. Mit welchem Fuß war er gleich nochmal aufgestanden? Der Blick in den Spiegel offenbarte die Wahrheit. Während er sich die Zähne putzte, betrachtete er sich.

Augenränder und ein drei Tage Bart zierten ihn und er beschloss, sich erst einmal zu rasieren.

Autsch! Noch während er Papier auf die blutende Wunde klebte und sich den restlichen Rasierschaum aus dem Gesicht wusch erinnerte er sich.

Heute war der dreizehnte, Dienstag, und der Tag fing auch gleich schon mal gut an.

Kurz nach zehn verließ er das Haus. Während sein Telefon verrückt spielte. Eine Nachricht nach der anderen wartete darauf gelesen zu werden. Als er begann sie zu lesen, verstand er zwar nicht warum, aber er freute sich schon auf den Abend.

Er besuchte die Abendschule und heute Abend würde er seine Klausur zurückbekommen.

Der Bus kam und er stieg ein. Nach wenigen Minuten bemerkte er, nichtsahnend und völlig überrascht, ein Streifenwagen der Polizei sperrte gerade die Straße. Der Bus kam zum stehen und es blieb ihm nur, aus dem Fenster zu starren.

Würde er pünktlich zur Arbeit kommen? Zwanzig Minuten später setzte der Bus seine Fahrt fort. Der Fahrer drückte auf das Pedal und, ohne sich abzuhetzen, erreichte er gerade noch pünktlich seinen Arbeitsplatz.

Er war den dritten Tag auf seinem neuen Posten und hatte für Nachschub zu sorgen. Die heißen Behälter mit Kartoffeln und Soße brannten sich direkt in seine Finger. Er beschloss, es mit doppelten Handschuhen zu versuchen.

Sich die verbrannten Finger leckend saß er schließlich in der Bahn auf dem Weg zur Schule. „Diese Bahn endet wegen Verspätung heute an der Heinrichstraße", das musste heute sein! Er beschloss, den Rest des Weges zu Fuß zurückzulegen.

Trotz aller Mühe kam er zu spät.

Sein Lehrer an der Abendschule, kaum älter als er selbst, begrüßte ihn mit freudigem Gesicht. Was sollte noch passieren. Nun hielt er seine Klausur in der Hand. Er blätterte durch die Seiten. „Gut" stand auf einem der Blätter.

Es reichte, sollte er wirklich das Semester wiederholen?

Mittwoch der Vierzehnte

Der Wecker klingelte. Lustlos und völlig verschlafen setzte er einen ersten Fuß vor das Bett. Während er den zweiten nachzog, dachte er nicht daran, wie er den Teller mit der Bockwurst hatte stehen lassen.

Den großen Zeh im Senf verzog er das Gesicht. Er dachte nicht daran, was gestern gewesen war, er malte sich auch nicht aus, was folgen sollte. Der Blick in den Spiegel war wenigstens etwas angenehmer als in den Tagen zuvor. Er hatte auch besser geschlafen.

Den Rasierer in der Hand und die Zeit im Blick achtete er nicht darauf, was er tat.

Während er mit etwas Papier die blutende Stelle im Gesicht abklebte, fiel es ihm wieder ein. Gestern hatte der Tag so ähnlich begonnen.

Er beeilte sich, trank seinen Kaffee, nahm die Tasche und verließ das Haus.

Die Haltestelle war zum Glück nur ein paar Schritte entfernt und so brauchte er nicht lange bis dahin. Er sah auf die Uhr und steckte die Kopfhörer in die Ohren. Kein Bus weit und breit zu sehen.

Er sah wieder auf die Uhr, steckte sich ein Bonbon in den Mund und übte sich in Geduld. Die Nachbarin hingegen beschloss, sich zu Fuß auf den Weg zu machen.

Wie am Vortag schaffte er es gerade noch rechtzeitig zur Arbeit.

Die verbrannten Finger spannten in den Handschuhen, doch die Arbeit musste getan werden. Mit einem Schaumlöffel schaufelte er die Kartoffeln auf die Teller.

Nachdem er auf der Position fertig war, begann er mit Hochdruck zu spülen. Bis gleich darauf der Schlauch platzte. Eine Heißwasserfontaine befeuchtete Haare, Brille und Gesicht.

Zum Glück war die Temperatur von Gesetzes wegen knapp unter Verbrennen eingestellt. So blieb nur ein Ersatzschlauch.

Auf dem Weg zur Schule bestellte er sich in einer kleinen Bäckerei noch einen Kaffee, nicht ohne beim Hinausgehen an die Glastüre zu stoßen und sich den Kaffee über Arme und Beine zu gießen. Die Verkäuferin war aber auch süß.

Die Abendschule verlief ohne größeren Zwischenfall und so kam er schließlich spät abends zu Hause an.

Er öffnete den Briefkasten. War das das bestellte Computerprogramm? Er hatte es auf CD bestellt um es auch noch in drei Jahren installieren zu können.

In seiner Wohnung angekommen öffnete er den Brief.

„Sie schulden unserem Mandanten noch drei Monatslöhne", las er und bemerkte das Formblatt.

„Unterschreiben Sie hier ..." ,
„Unterschrift maschinell erstellt",
„Wuppertal, dreizehnter November".

Das afrikanische Lied

Er war, wie jeden Nachmittag so gegen drei, dabei den Boden der großen Küche mit einem Gummiabzieher von Schmutz und Wasser zu befreien.

Die Arbeiter reinigten Tag um Tag die großen Wannen, in welchem die Köche für die Belegschaft der großen Fabrik das Essen zauberten und er war nun eben für den Boden zuständig.

Der schwarze, welcher ihn alltäglich freudig begrüßte und nie das Lächeln sparte, seifte die große Kochzeile, mit den bestimmt tausend Liter fassenden Wannen, mit Reiniger ein um den Schaum und mit ihm den ganzen Schmutz und die Speisereste mit einem Wasserstrahl aus einem herkömmlichen Schlauch abzuspritzen und alles davon zu spülen.

Der schwarze musste sich dafür kopfüber in die heißen Kessel beugen, um auch den Boden der Wannen zu schrubben. Die Hitze musste fast unerträglich sein, aber er schien das schon aus Afrika zu kennen.

Während er den Boden wischte, summte sein schwarzer Freund täglich leise eine unbekannte Melodie. Er hatte bisher nicht bemerkt, um was für eine Melodie es sich handelte, bis er, in einem unscheinbaren Moment, ein paar Minuten eher die Ecke der Kochzeile reinigte.

Mhm Mhm, mhm mhm mhm mhm

Das Lied machte ihn nachdenklich. Ob diese traurige Melodie aus Afrika stammte?

Der Schwarze sprach kaum Deutsch, ohnehin blieb bei der harten, schweren Arbeit kaum Zeit sich zu unterhalten. Dennoch, den Arbeitern in der Küche ging es gut. Meistens zumindest.

Nun fragte er sich nur, woher diese schöne, aber doch traurige Melodie stammte, die ihn gerade gefangen nahm.

Als sie später gemeinsam in der Umkleide standen, sah er den Schwarzen fragend an.

Er wollte ihn nicht fragen, wie diese Melodie hieß. Er wollte auch nicht fragen, woher sie stammte. Er wollte sie nur noch einmal hören.

Auch der Schwarze blickte ihn an. Während sie sich in ihre Straßenkleidung steckten, unterhielten sie sich. Ob der Schwarze manchmal traurig war, fragte er ihn nicht.

„Meine Tochter ist nach Afrika zurück gegangen." Der Schwarze blickte ihn nüchtern an. „Wie bitte?", fragte er ihn. „Meine Tochter ist nach Afrika zurück!"

Der Kirschbaum

Immer wieder war er vor dem Baum gestanden. Immer wieder hatte er die weißen Blüten betrachtet. Er war noch zu klein und seine Arme waren so dünn wie Streichhölzer gewesen.

Wenn er in die Krone des Baumes blickte wurde ihm beinahe schwindelig. Nur einmal hatte man ihn hochgehoben und zwischen den geteilten Stamm gesetzt. Er hatte geschrien und sich nicht getraut herab zu springen.

Nun, seit den weißen Blüten am Baum war schon eine Weile vergangen und die weißen Tupfer hatten sich in große, rote Kugeln verwandelt, welche an langen Stielen von den Ästen herabhingen.

Der ganze Baum war voll davon und er überlegte, wie er an die süßen Früchte herankommen. Er kannte sie. Opa hatte einen großen Korb davon mit nach Hause gebracht.

Er nahm all seinen Mut zusammen und griff nach dem untersten Ast. Noch war er zu zaghaft und so rutschte er nach einem kurzen Moment ab. Kurz hatte es so ausgesehen, als wäre er schon groß, nun plumpste er auf den Boden.

Die Hände brannten, doch er war sich sicher, dass es endlich so weit war. Heute würde er zum Mann werden, heute würde er den Stamm emporklimmen und sich den Siegerkranz um den Hals hängen. Oder zumindest zwei Kirschen über die Ohren.

Er wagte einen neuen Versuch. Mit beiden Händen ergriff er den dicken Ast und mit den Füßen stemmte er sich von dem großen Astloch ab, welches im Stamm zu sehen war.

Geschafft! Nun schob er sein Bein über den Stamm und zog sich hoch. Endlich saß er in der Gabel des Stammes, sicher, ganz nach oben war es noch ein kleines Stück.

Er beschloss, kurz Rast zu machen, ehe er weiter nach oben kletterte.

Die süße Verlockung rief schon nach ihm und so stellte er sich auf und griff mit beiden Händen nach dem Stamm.

Schnell zog er sich hoch und saß gleich darauf in einer Astgabel. Die roten Kirschen rings um ihn herum lachten ihn an.

Mit seinen kleinen Fingern griff er nach einer dieser schönen Früchte und zog sie vom Ast herab.

Die Kirsche in der Hand sah er sich um. Weit und breit war niemand zu sehen.

Während er sich die Kirsche in den Mund schob, freute er sich auf den süßen Geschmack. Was war das? Sein Mund zog sich zusammen.

Sauerkirschen hatte er noch nicht gekannt.

Die Münzsammlung

Sie betraten den langen Flur der kleinen
Wohnung, inmitten der Arbeitersiedlung.
Die Wände waren geschmückt mit
Bildern, Rahmen und allerlei Kitsch.

Es roch nach frischem Kaffee und auf dem
Tisch des Wohnzimmers stand das gute
Service, welches nur sonntags
herausgeholt wurde.

Er war heute das erste mal bei den zwei
Alten. Sie hatte hier wohl die Hosen an
denn man hörte ihn kaum etwas sagen.

Die Frauen unterhielten sich und die
Männer stimmten ab und zu ein und gaben
ihnen Recht.

Die Kaffeekanne wanderte über den
Tassen hin und her und die heiße Brühe
floss in Strömen. Er hatte den Kuchen
aufgegessen und ihm war es langweilig
geworden.

„Zeig ihm doch mal deine Sammlung!",
die Alte sah ihren Mann streng an, dieser

schien Angst vor ihr zu haben und so sagte er zu ihm, „Komm, ich will dir was zeigen!"

Sie gingen in den Flur und die Stimmen aus dem Wohnzimmer wurden leiser. Es sah aus, als würden die Möbel schon seit Jahrzehnten in der kleinen Wohnung stehen. Allerdings war nirgendwo ein Körnchen Staub oder gar eine Wollmaus zu sehen.

Auch die Rahmen an der Wand waren ordentlich abgestaubt. Er sah sie sich nun etwas genauer an.

Rahmen an Rahmen hing an der Wand und in ihnen waren kleine, runde Taler zu sehen.

„Die habe ich in den Häfen der Welt gesammelt", sagte er zu ihm. „Damals, im Krieg" und er fuhr fort, „damals, als ich noch jung war!"

Er fand es spannend dem Alten zuzuhören und sah sich die Münzen genauer an.

Hier und da klebte auch so mancher, alter Schein an den Gläsern der Rahmen. Auf ihnen waren fremde Welten zu sehen, Männer in fremdländischer Kleidung, fremde Häuser und ihm unbekannte Schriften.

Er wusste nicht, was er fragen sollte. Er wusste nicht, ob er überhaupt etwas fragen sollte. Es war alles so klar, der Alte hatte schon alles gesagt, damals, im Krieg.

Er war Matrose an Bord eines Schiffes gewesen und von Hafen zu Hafen gefahren, viele Jahre lang.

Das war lange her, die Bilder der Münzen und Scheine waren Zeugen der Zeit gewesen.

Irgendwie war das schön.

Im Winter

Sie saßen im großen Aufenthaltsraum der Aufnahmestation des Krankenhauses und rauchten. Der Billardtisch war verwaist, nur ab und zu bediente sich einer der Freunde am Wasserspender und füllte seine Flasche auf.

Wenn man aus dem Fenster blickte sah man eine weiße Winterlandschaft. Der Schnee im Februar lag zentimeterhoch und der Weg durch den Garten war völlig vereist.

Die Heizung sorgte für eine angenehme, wollige Wärme, zumindest im Aufenthaltsraum war es auszuhalten.

Die Anwesenden unterhielten sich entspannt. Keiner erwartete, dass etwas Besonderes passiert, alles war wie immer. Wie immer im Winter.

Wie der weiße Winter es so wollte, schrieb er seine eigene Geschichte.

Er war aufgestanden, hatte seinen Platz verlassen und sich den grünen Zimmerpflanzen zugewandt. Während er dabei war die zahlreichen Blätter der wenigen grünen Pflanzen im Aufenthaltsraum abzustauben, beobachtete ein ganz ausgebufftes Schlitzohr die Situation.

Keiner, außer dem Schlitzohr, ahnte, dass etwas großes bevorstand.
Mit seinem Blick bereitete er die anderen auf das Kommende vor.

Noch immer entfernte er mit seiner Handfläche den Staub vom Gummibaum. Plötzlich, ganz ohne Vorwarnung, schrie er auf!

„Ein Marienkäfer!", die ersten im Raum brachen schon in schallendes Gelächter aus. Für ihn gab es kein Halten, „Ein Marienkäfer! Ein Marienkäfer!" Das Lachen im Raum nahm kein Ende.

Sicher, der Marienkäfer sorgte bei den Freunden für etwas Abwechslung, aber woher kam er?

Noch immer lachten die Freunde, während er bemerkte, „Ein Marienkäfer, mitten im Februar!"

„Komm und setz dich!", meinte das Schlitzohr, doch er war vernarrt in die Situation.

Den Marienkäfer auf der Hand, von seinem Anblick ganz beseelt, zog er seinen Kreis um den Billardtisch. Ein Lebenszeichen der Natur in einem so lebensfeindlichen, weißen Land.

„Ein Marienkäfer...", lächelte er leise in sich hinein.

Das Fußballspiel

Er saß vor dem Fernsehgerät, doch er schenkte den Bildern keine Beachtung mehr. In Gedanken versunken erinnerte er sich mit Mühe, wie er vor vielen Jahren mit seinem Opa vor dem Fernseher gesessen hatte.

Damals, 1989, bevor die Welt sich veränderte.

Sie hatten ein Fußballspiel gesehen, erst später sollte er sich wieder erinnern. Die Mannschaften waren dem Ball hinterhergerannt und es ging von der einen Seite auf die andere.

Er wusste nicht mehr, wie das Spiel begonnen hatte. Er wusste auch nicht mehr, wie es zu Ende gegangen war.

Beide hatten dem Spiel still zugesehen. Keiner hatte ein Wort gesagt. Der Alte schien nervös zu sein, heute wusste er nicht einmal, für welchen der beiden Vereine sein Opa die Daumen gehalten hatte.

In einem so unbedachten Moment wollte er sagen, „Schau mal,...", doch da fuhr es aus dem Alten, „Still!"

Was war das? Hatte er etwas falsch gemacht? Die Bilder auf dem Fernsehgerät verschwammen, er war wütend und eine Träne stieg ihm ins Gesicht. Warum wollte sein Opa ihm nicht zuhören?

War er selbst zu empfindlich? Plötzlich fiel ein Tor. Eine der beiden Mannschaften war in Führung gegangen, aber das war ihm egal.

Der Opa sprach zu ihm „Guck!", doch er wollte nicht einsehen, dass sein neuer Lieblingsverein gerade das Siegtor geschossen hatte.

Langsam fiel es ihm wieder ein. Borussia Dortmund hatte gewonnen, Fortuna Düsseldorf war knapp geschlagen, damals, 1989.

Ein fader Beigeschmack war geblieben, er hatte etwas falsch gemacht, er wollte doch nur etwas sagen. Der Alte ahnte wahrscheinlich nicht einmal etwas davon.

Er hatte vor dem Fernsehgerät gesessen und hatte sich das Wort verbieten lassen. Das nächste mal würde er wiedersprechen, er würde sagen, was er denkt.

Das Tor war ihm egal gewesen, heute erinnerte er sich, eins zu null.

Fortuna

So lange er denken konnte, so lange er sich erinnerte, hatte er kein Lieblingswort gehabt. Er wanderte die schmale, asphaltierte Straße aus dem Oberdorf heraus und machte sich auf den Weg in das Unterdorf, wo das Haus seines Opas stand.

„Ob ich Glück im Leben haben werde?" Er dachte nach. Fortuna. Ihm gefiel das Wort. Warum, das wusste er nicht mehr, doch es war ein sehr schönes Wort.

„Ich will viel Glück im Leben haben!", dachte er bei sich und spazierte langsam weiter. Bis zum Haus von Oma und Opa waren es nur ein paar hundert Meter.

Er versuchte zu pfeifen. Pf, pf, pf, Fortuna!

Fortuna im Sinn lief er langsam die Straße entlang. „Was bedeutet Glück eigentlich?", wieder dachte er nach. Er fragte sich, ob es egoistisch sei, Glück zu haben.

Aber warum ihm dieses Wort so gefiel,
war ihm in dem Moment nicht bewusst.
Nur das man Fortune braucht. Das wusste
er. Ohne Fortune macht das Leben keinen
Sinn.

Das Haus seiner Großeltern war schon in
Sichtweite und Fortuna bereits ein
geflügeltes Wort. Er wünschte Glück!
Fortuna, eine Göttin! Er wünschte aller
Welt Glück! Das war besser als es nur sich
zu wünschen!

Sein neues Lieblingswort ging aber auch
leicht von den Lippen. Ob er wirklich
Glücksritter werden wollte?

Fortuna!

Fortuna sei dank!

Er betrat das Haus seiner Großeltern.
Seine Oma saß in der Küche und sagte:
„Guck mal in den Kühlschrank!"

Er öffnete die Tür und blickte auf das kleine Schälchen mit Heidelbeeren. Gezuckert und mit Milch übergossen. „Für dich, mein Junge!"

Fortuna hatte gesiegt, das war klar, zumindest für heute.

Ein Tor fällt um

Die jungen Männer waren den halben Tag durch die Stadt gelaufen. Beinahe hätten sie sich in der Metro verirrt, doch eine deutsche Auswanderin hatte geholfen und ihnen den Weg gewiesen.

Die Fahrt in die spanische Hauptstadt hatte einen ganzen Tag in Anspruch genommen, nun betraten sie die säulenartigen Eingänge des berühmten Estadio Santiago Bernabéu.

Das Rauchpulver im Schritt rieb an den Beinen und er hoffte, nicht erwischt zu werden. Langsam schob er sich die langen Treppen hinauf.

Auf einem Plateau standen schwer gepanzerte Polizeibeamte. Mit Helm und Montur ausgestattet winkte ihn ein Uniformierter aus der Menge heraus. Der etwa ein Meter und sechzig große Beamte tastete ihn ab.

Arme, Körper und Beine. Angst kannte er keine. Vielleicht war er aber auch zu

betrunken, um Angst zu empfinden.
Dennoch, sein Herz klopfte.

Geschafft, der Beamte ließ ihn passieren.
Warum sein Freund das Rauchpulver nicht
selbst in Stadion schmuggeln wollte,
wusste er nicht.

Endlich, nach einem nicht endenden
Fußmarsch durch das Stadion erreichten
die Freunde den Block, in welchem ihre
Plätze lagen.

Der Block war schon gut gefüllt. Die
angereisten Fans aus Dortmund hatten
schon begonnen Stimmung zu machen.
Sein Freund forderte nun das Rauchpulver
aus dem Versteck zu holen und so griff er
sich in die Hose.

Nun hielt er das gute Kilo in der Hand.
Sein Freund griff zu und er machte nicht
die geringsten Anstalten, es für sich zu
behalten.

Die jungen Männer öffneten den Beutel und kippten den Inhalt, schön zu einem Haufen geformt, auf die Tribüne.

Der Nebel brannte in der Lunge. Wofür sollte der Rauch gut sein, wenn er so stank? Darüber hatte er sich zuvor keine Gedanken gemacht. Nun sah man die Hand vor Augen nicht mehr. Sprichwörtlich.

Nach wenigen Minuten lichtete sich der Nebel und er holte tief Luft. Die anderen hatten ordentlich Krach gemacht, er aber stand regungslos auf der Tribüne. Das Spielfeld unter ihnen war kaum zu sehen, so weit oben standen sie.

Der Nebel war verschwunden. Aufgeregt kam sein Freund zu ihm. „Guck mal! Guck mal, das Tor!", er kniff die Augen adlermäßig zusammen. „Guck mal! Guck mal! Das Tor!" Noch immer verstand er nicht, was sein Freund von ihm wollte.

„Guck mal, das Tor ist umgefallen!", nun hatte er es auch bemerkt. Auf der anderen Seite des Stadions lagen Pfosten und Latte samt Netz am Boden. Was Rauch so alles bewegen konnte.

„Guck mal! Guck mal! Das Tor ist umgefallen!"

Abgeführt

Er war klein gewesen, zumindest sah es noch so aus. Er war immer wieder gerne mit dem LKW mitgefahren.

Mit Opa.

Der war schon lange Fahrer und hatte ihn schon im Kindergarten mitgenommen. Nun befanden sie sich wieder auf der Straße.

Sie waren früh losgefahren und er kniff, immer noch müde, die Augen zusammen. Auf einem Schild am Straßenrand stand in großen Buchstaben `Flughafen´. Das war also die Überraschung! Sein Opa hatte schon immer gern alle Register gezogen.

Der LKW rollte und am Himmel war ein Flugzeug zu sehen. Er machte einen langen Hals, aber das Flugzeug verschwand aus seinem Blickwinkel.

Die Straße war voller Autos gewesen, als der Flughafen neben der Straße auftauchte.

„Wir sind gleich da!" Nun war er endlich hellwach. Hellwach und aufgeregt. Das Osterwochenende stand vor der Tür und hier war die Überraschung.

„Geh nach hinten und bleib da! Wir müssen durch die Kontrolle!", er tat, was sein Opa von ihm verlangte. Vor ihnen hatte ein großes Tor gelegen, welches sie nun passierten.

Er hatte sich auf der Pritsche des LKW versteckt, bis die Papiere überprüft waren. Nun rollte der LKW wieder an.

Von der Pritsche aus blickte er durch die große Frontscheibe des LKW. Sie rollten über den großen, asphaltierten Weg und am Horizont stieg ein weiteres Flugzeug in den Himmel.

Er hatte noch nie ein Flugzeug aus der Nähe gesehen, nun hob alle drei Minuten eines von der Startbahn ab.

Noch immer rollte der LKW. Opa schien immer zu wissen, in welche Richtung er fahren musste. Nun steuerten sie auf ein abgestelltes Flugzeug zu, dessen Seitenklappe weit geöffnet war.

„Du bleibst hier!" Sein Opa zog die Seitenvorhänge des LKW zu und stieg, die Papiere in der Hand, aus dem Fahrzeug.

Durch einen kleinen Spalt blickte er aus dem Seitenfenster. Sein Opa stand vor dem Flugzeug und unterhielt sich.

Ein großer Gabelstapler fuhr an das Flugzeug heran und lud Paletten ab. Neugierig blickte er aus den Fenstern als plötzlich, ganz ohne Vorwarnung, die Fahrertür aufging.

„Komm raus da kleiner!" ein Flughafenpolizist kletterte, eine Hand an den Handschellen, den Tritt herauf.

Furchtlos tat er wie ihm geheißen und kletterte von der Pritsche in das Fahrerhaus und heraus auf das Rollfeld.

Nun konnte er den Flieger ganz von nahem betrachten, wurde aber direkt in dem Wagen der Flughafenpolizei abgeführt.

Die Handschellen hatte der Beamte an seinem Gürtel gelassen, vielleicht wäre es auch zu viel des Guten gewesen einen zehnjährigen in Handschellen abzuführen.

„Sie können ihn nachher wieder abholen!" hatte der Polizist gesagt.

Der weiße Hirsch

Er lag da, als ob er halb tot gewesen wär. Die letzten Wochen und Monate hatten an seinen Kräften gezehrt, nun zahlte er Tribut dafür.

Regungslos, die Arme weit ausgestreckt und die Beine schwer wie Blei atmete er langsam ein und wieder aus. Das was passiert war, schwelte in seinem Bewusstsein.

Er hatte die Zukunft gesprochen, den Heiligen Geist empfangen und doch alles verloren. Er hatte jede seiner Frauen geliebt, doch nie gewusst, dass sie nur ein Spiel spielen. Alle dreizehn. Eine schöner als die andere.

Das Funkenmariechen nahm es ihm übel. Sie hatte gedacht, er spielt und sie hatte sich verzettelt. Nun war sie fort.

Der alte hatte gesagt, wenn er nicht mit Frauen umgehen könne, solle er es mit einem Stein versuchen.

Die Augen geschlossen hatte er keine
Kraft mehr sich zu wehren. Der Stein war
sicher verwahrt und er wusste sicher, dass
etwas passieren würde. Er wusste nur
nicht genau was.

Die dünne Matte auf dem Futonbett
drückte sich zusammen. Knapp über dem
Boden spürte er die Kühle und er lauschte
den Insekten, die im Mondschein an der
Tapete klebten. Es war ihm, als
unterhielten sie sich.

Üblicherweise lagen die Insekten am
nächsten Morgen tot auf dem Boden. Die
Beine angewinkelt sah es aus, als hätten
sie ein Schwert zwischen den Beinen.

Er schlief den Schlaf der Gerechten.
Nichtsahnend, dass eine siebenjährige
Amtsweihe vor ihm lag. Den Raum hatte
er geweiht, als er eingezogen war, nun
überlegte er, Buße zu tun.

Anmutig und edel, mit einer Krone, einem
Geweih das seines gleichen suchte,

erschien der Hirsch inmitten der Waldlichtung. Sein weißes Fell leuchtete in der Dunkelheit seines Traumes.

Noch immer lag er regungslos am Boden. Die Augen geschlossen atmete er ruhig und langsam ein und aus.

Dass der ein oder andere ein Schutztier hatte, war ihm fremd. Von so etwas hatte er noch nie gehört.
Das die Weisheit des Waldes in ihm zum König kam, hatte man gekannt in seinem Land.

Vor den großen Kriegen.

Jägerlatein.

Das Horoskop

Sie hatte die kleine Kiste auf den Tisch gestellt. Alle hatten sie durchsucht und sich Bögen und Papiere genommen um ein paar Karten zu machen. Nun kramte er in der kleinen Kiste, schob buntes Papier beiseite oder hielt Kartons in die Luft.

Er bemerkte die Folie zwischen der dünnes, bedrucktes Pergament zum Vorschein kam. Vorsichtig zog er das Papier heraus und nahm es in die Hand.

Während er es auseinanderfaltete, fiel ein gefaltetes, rotes und ebenso bedrucktes kleines Viereck heraus. Er hob es auf und sah es an.

Ein kleines Papier, welches Buddhisten an große Wäscheleine hängten, vermutlich, damit sich Wunsch und Gebet erfüllten.

Nachdem er es zurück auf den Tisch gelegt hatte, widmete er sich dem anderen, gelben Pergament. Es war mit rote Farbe bedruckt und hatte eine beachtliche Größe.

Er faltete es gänzlichst auseinander und hob es zwischen seinen Fingern in die Luft.

Kreise aus Trigrammen und einige Bilder, sowie zahlreiche Schriftzeichen zierten das große, gelbe Blatt. Er versuchte etwas zu entziffern, aber von dem, der chinesisch im Traum gelernt hatte, hatte er noch nicht gehört.

Was ihm blieb war es, die Bilder zu interpretieren.

Rechts oben, neben den Trigrammen, war ein großer, dicker Samurai auf einem Tiger abgebildet. Daneben drei Weise, die einem Jungen eine Schriftrolle übergaben.

Das müssen wir dem Amtsschüler schriftlich geben, hatte der Kaiser gesagt. Der Samurai meinte wohl, wenn er es unbedingt schriftlich braucht, dann geben wir es ihm schriftlich.

Das untere drittel des astrologischen Amtsblattes war verziert von Ministern und Gelehrten. Sicher hatten auch sie etwas dazu zu sagen.

Seine Augen wanderten von unten nach oben. Astrologische Kreisberechnung waren mit ein paar Schriftzeichen verziert. Aber halt, was war das?

Neben den Kreisen zierte ein kleiner, roter Hirsch das Pergament.

Es würde dauern, bis er die Zusammenhänge verstehen sollte. An den Traum erinnerte er sich nicht.

Er faltete das Pergament wieder zusammen und steckte sie ein. Die Schwester war so gut gewesen und hatte sie ihm überlassen. So zog er davon.

Die Lebensblume

Er saß in seinem Raum und führte den Stift über das Papier.

Immer und immer wieder hatte er die große, vierblättrige Blume gemalt. Vier Blütenblätter im Kreis, für jede Jahreszeit ein Land.

In jeder der vier Himmelsrichtungen malte er dreizehn Kreise, welche Dörfer und Städte darstellen sollten.

Wie sollte man Wissen im Kreis weitergeben? Von Haus zu Haus, Dorf zu Dorf oder von Land zu Land?

Er verarbeitete die Wandergeschichte des Andreas. Des heiligen Andreas.

Noch vor einhundert Jahren wurde aus jeden dritten Dorf ein Andreas weggeschickt. Er sollte die Welt sehen und gutes tun. Er sollte lernen und lehren was es heißt gutes zu tun.

Noch im dreizehnten Jahrhundert hatten Bischöfe geglaubt, er sei ein Engel, denn er kam immer wieder auf die Erde. Nun malte er eben eine Blume.

Die kreisrunden Dörfer glichen den dreizehn Monden. Zwölf im Kreis und der dreizehnte in der Mitte. Die Tafelrunde.

Das er bald das Jahreszeitenhoroskop verstehen würde interessierte ihn nicht. Bisher ahnte er nicht einmal etwas davon.

Noch malte er seine Blume und in der Blüte die Dörfer. Nun waren es schon einunddreißig. Für die Tage im Monat.

Wie in Trance führte er den Stift, bis das Blatt voll Kreisen und Strichen war. Er begann zu tanzen. Immer wilder drehte er sich im Kreis. Mit den Armen wedelte er zum Takt der Musik, die aus dem Lautsprecher kam.

Die Farbkleckse an der Wand bemerkte er nicht. Als er sich beruhigt hatte, nahm er das große Blatt mit seiner Blume und den vier Königreichen.

Das des Nordens, das des Ostens, des Südens und des Westens. Oder eben der vier Jahreszeiten. Vier Königreiche, die ihr Wissen im Kreis weitergaben.

Durch die Jahreszeiten.

Der Rat des Mondes

Sinnierend stand er am kleinen Fenster seiner Klosterzelle. Er hatte den Tag damit verbracht Blumensymetrien zu zeichnen und ein Origami zu machen. Aus Papier hatte er kleine, widerspenstige Tierchen gebastelt.

Eine ganze Armee dieser Papiertierchen stand nun in dem Regal, dem schmalen Bett gegenüber. Die Schriftrollen in seinem Schrank stapelten sich bereits und er beschloss die Blätter irgendwann in ein paar Jahren noch einmal durchzusehen.

Nun blickte er an den Abendhimmel, wenige kleine Wölkchen zogen im Licht von Vater Mond vorbei.

Er blinzelte und suchte den Himmel ab. Er wusste nicht genau, was vor ihm lag, nur insgeheim war ihm klar, dass er in die Geheimnisse der Klöster, der Priester und Mönche, eingeweiht wurde.

Wie war er hierher gekommen? Nachdem er in seinem Priesterraum Buße getan und zwangsgefastet hatte, hatte man ihn hierher gebracht.

Sein Blick traf die Augen des Mondes. Heute war sein Gesicht ganz klar zu sehen. Welche Geschichten früher erzählt wurden, konnte er nur erahnen.

Der Mond ist der Kaiser, hieß es in dem einen Land. In einem anderen sagte man, der Mond ist der König.

In Klosterstädten kannten manche den Spruch, der Mond ist ein Mönch. Nun sah er ihn an. Er sah mitten in sein Gesicht.

Bekam früher der Amtsschüler gesagt, er sei ein Mond, so dachte manch ein Amtsschüler, er sei der Kaiser. Oder der König.

Er sah ihn an. Wenn er blinzelte, sah es so aus, als bewege der Mond seinen Mund. Es war ihm, als spräche der Mond.

Es war ihm, als wolle er ihm etwas sagen. Nun konzentrierte er sich. Das Säuseln des Mondes war nur leise zu hören.

Angeblich hörten Betrunkene den Mond sprechen, er aber war seit Wochen nüchtern gewesen. Nun vernahm er die Worte etwas deutlicher.

„Lies zwischen den Zeilen!", er nickte. Der Mond würde schon wissen, was er sagt. „Lies zwischen den Zeilen!", wiederholte er leise.

Spuren im Sand

Barfuß bewegte er sich langsam vorwärts. Seine nackten Füße drückten sich tief in den kalten, nassen Sand. Ab und zu berührten ein paar Wasserspritzer seine Füße.

Er war allein am Strand, abgesehen von den zahlreichen Möwen, welche aber ein gutes Stück entfernt um die Wette schrien.

Am Morgen war er in den Zug gestiegen und einfach zum Meer gefahren.

Den halben Tag hatte er in der Bahn gesessen, sich in Amsterdam noch einen Rucksack und zwei Decken gekauft und war dann zum Meer gefahren.

Nun suchte er einen Platz, an dem er die Nacht verbringen konnte. Immer weiter zog er an den Dünen vorbei. Weiter hinten wurden seine Fußabdrücke von sanften Wellen überspült, hier aber setzte er immer neue Fußstapfen in den Sand.

Er blickte zum Horizont. Die Sonne versank blutrot hinter dem Meer und der Mond stieg an den Himmel. Er war stehen geblieben, nun setzte er wieder einen Fuß vor den anderen.

Es wurde Zeit für das Abendbrot. In dem Supermarkt der kleinen Stadt am Meer hatte er sich etwas zu essen gekauft. Etwas Baguette und einen geräucherten Fisch. Nun steuerte er mit seinem Rucksack auf ein Rund von zusammengestellten Strandliegen zu.

Praktischerweise waren diese im Kreis aufgestellt und zusammengekettet. In ihrer Mitte breitete er eine Decke aus, die zweite legte er locker über sich. Er holte den Fisch aus der Verpackung und begann zu essen.

Die rote Sonne war schon fast gänzlich versunken und seine Fußspuren am Strand vom Wasser der Nordsee davon gespült.

Er wusste nicht, dass er das Meer viele Jahre nicht sehen würde. Er würde es weder riechen noch schmecken. Er würde auch viele Jahre keine Spuren im Sand hinterlassen, dafür würde er andere Dinge erleben, eine andere Welt sehen.

Nun aber blickte er zur untergehenden Sonne und zum aufgehenden Mond. Es würde nicht lange dauern und der ganze Himmel wäre voller Sterne.

Einer davon würde vom Himmel fallen, sein Wunsch jedoch würde sich nicht erfüllen.